À tous les membres de la famille

L'apprentissage de la lecture est l'une des réalisations les plus importantes de la petite enfance. La collection *Je peux lire!* est conçue pour aider les enfants à devenir des lecteurs experts qui aiment lire. Les jeunes lecteurs apprennent à lire en se souvenant de mots utilisés fréquemment comme «le», «est» et «et», en utilisant les techniques phoniques pour décoder de nouveaux mots et en interprétant les indices des illustrations et du texte. Ces livres offrent des histoires que les enfants aiment et la structure dont ils ont besoin pour lire couramment et sans aide. Voici des suggestions pour aider votre enfant avant, pendant et après la lecture.

Avant

Examinez la couverture et les illustrations et demandez à votre enfant de prédire de quoi on parle dans le livre.

Lisez l'histoire à votre enfant.

Encouragez votre enfant à dire avec vous les mots et les formulations qui lui sont familières.

Lisez une ligne et demandez à votre enfant de la relire après vous.

Pendant

Demandez à votre enfant de penser à un mot qu'il ne reconnaît pas tout de suite. Donnez-lui des indices comme : «On va voir si on connaît les sons» et «Est-ce qu'on a déjà lu un mot comme celui-là?».

Encouragez l'enfant à utiliser ses compétences phoniques pour prononcer d'autres mots.

Lorsque l'enfant a besoin d'aide, lisez-lui le mot qui pose problème, pour qu'il n'ait pas trop de mal à lire et que l'expérience de la lecture avec les parents soit positive.

Encouragez votre enfant à lire avec expression... comme un comédien!

Après

Proposez à votre enfant de dresser une liste de mots qui l'intéressent et qu'ils préfèrent.

Encouragez votre enfant à relire ses livres. Il peut les lire à ses frères et sœurs, à ses grands-parents et même à ses toutous. Les lectures répétées donnent confiance au jeune lecteur.

Parlez des histoires que vous avez lues. Posez des questions et répondez à celles de votre enfant. Partagez vos idées au sujet des personnages et des événements les plus amusants et les plus intéressants.

J'espère que vous et votre enfant allez aimer ce livre.

Francie Alexander,
spécialiste en lecture
Groupe des publications
éducatives de Scholastic

D0414362

0880016212

À maman, qui apporte de la soupe,
des rôties et du thé aux enrhumés.
— G. M.

À Edie Weinberg
— B. L.

Données de catalogage avant publication (Canada)

Maccarone, Grace
  J'ai un rhube!

(Je peux lire! Niveau 1)
Traduction de : I have a cold.
ISBN 0-439-00501-9

I. Lewin, Betsy. II. Duchesne, Lucie. III. Titre. IV. Collections.

PZ23.M25Ja 1999   j813'.54   C99-930852-1

Édition publiée par Les éditions Scholastic, 175, Hillmount Road, Markham (Ontario) Canada, L6C 1Z7

4 3 2 1   Imprimé au Canada   9 / 9 0 1 2 3 4

J'ai un rhube!

Texte de Grace Maccarone

Illustrations de Betsy Lewin

Texte français de Lucie Duchesne

Je peux lire! — Niveau 1

Les éditions Scholastic

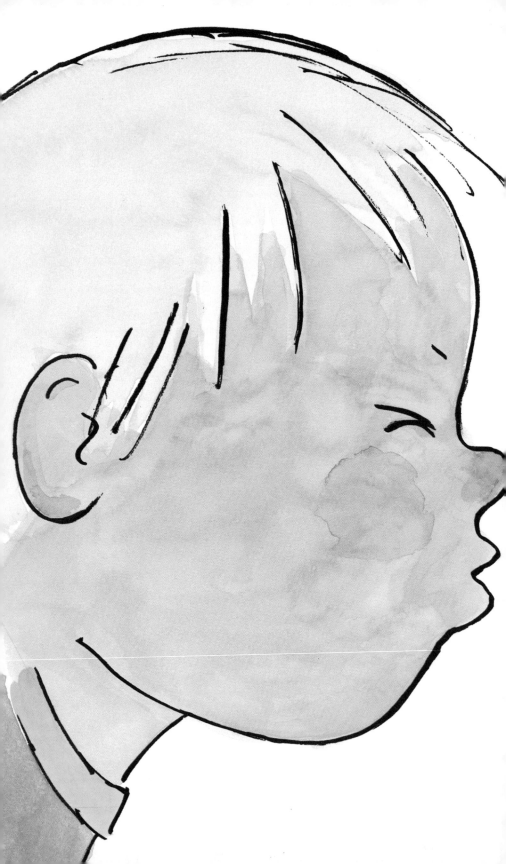

Atchoum!
    Atchoum!
Je n'arrête pas d'éternuer.

S'il te plaît,
donne-moi un mouchoir.

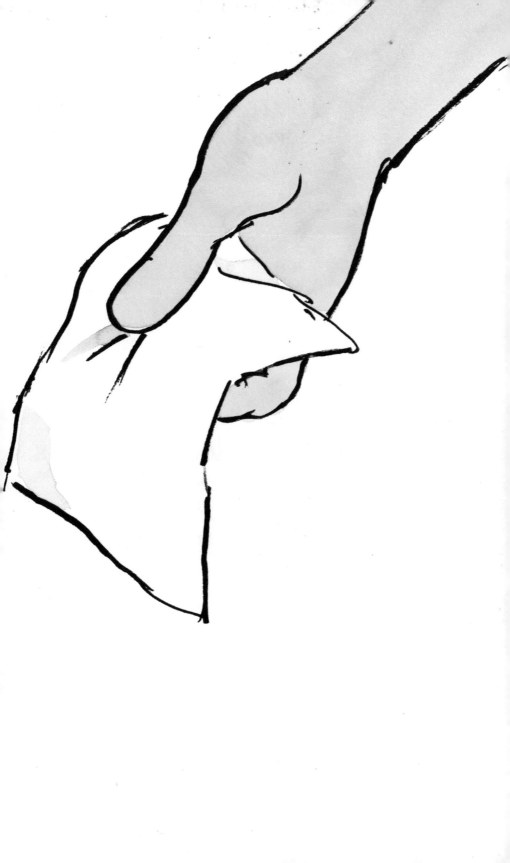

J'ai un rhume.
Un vrai gros rhube.
J'ai les oreilles bouchées.
J'ai le nez qui coule.
J'ai les yeux tout gonflés.

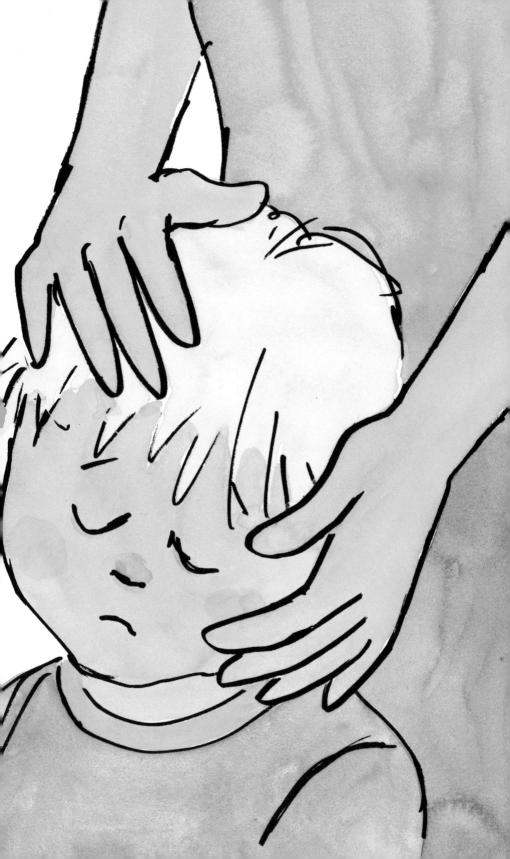

Atchoum!
Atchoum!
Je n'arrête pas d'éternuer.

Excusez-moi,
je dois me moucher.

Je lis un livre.

Je regarde
la télévision.

Maman m'apporte
de la soupe,
des rôties
et du thé.

Atchoum! Atchoum!
Je n'arrête pas d'éternuer.

J'en ai assez!

J'ai le nez bouché.
J'ai les yeux tout rouges.
Je renifle. Je me mouche.
Je vais me coucher.

Avec mes genoux,
j'invente des montagnes.

Des dauphins, des requins
et des lamantins
nagent dans une mer
de couvertures.

Papa me donne du sirop.
Il dit que j'irai
mieux bientôt.

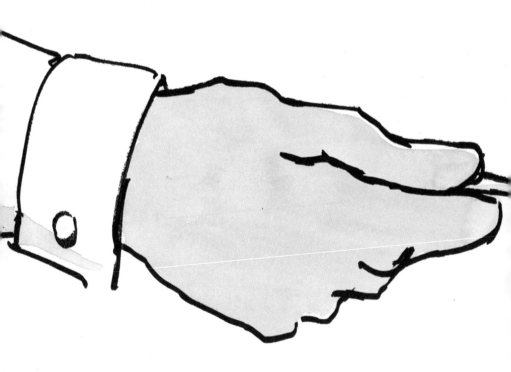

Je me pince le nez
pour mieux avaler.

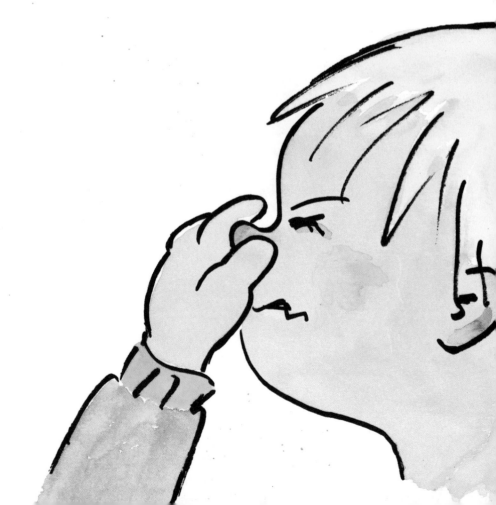

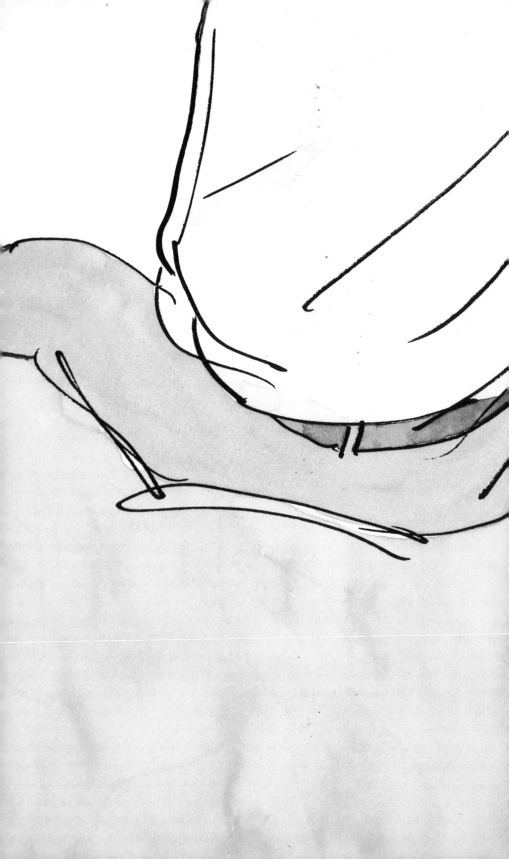

Papa me borde
pour que je sois bien
au chaud.

Avant de m'endormir,
je souhaite que mon
rhume disparaisse.

Demain, j'irai jouer
avec mes amis.